U0074845

閱讀123

國家圖書館出版品預行編目（CIP）資料

小火龍便利商店 / 哲也作；水腦繪. -- 第二版. -- 臺北市：親子天下, 2017.09 144面；14.8x21公分
ISBN 978-986-95047-5-1(平裝)
859.6 106010215

閱讀 123 系列 030

小火龍便利商店

作者｜哲也
繪者｜水腦

責任編輯｜許嘉諾、陳毓書
美術設計｜林家蓁
行銷企劃｜王予農、林思妤

天下雜誌群創辦人｜殷允芃
董事長兼執行長｜何琦瑜
媒體暨產品事業群
總經理｜游玉雪　副總經理｜林彥傑
總編輯｜林欣靜　行銷總監｜林育菁
副總監｜蔡忠琦　版權主任｜何晨瑋、黃微真

出版者｜親子天下股份有限公司
地址｜台北市 104 建國北路一段 96 號 4 樓
電話｜（02）2509-2800　傳真｜（02）2509-2462
網址｜ www.parenting.com.tw
讀者服務專線｜（02）2662-0332　週一～週五：09:00~17:30
讀者服務傳真｜（02）2662-6048　客服信箱｜ parenting@cw.com.tw
法律顧問｜台英國際商務法律事務所 · 羅明通律師
製版印刷｜ 中原造像股份有限公司
總經銷｜大和圖書有限公司　電話（02）8990-2588

出版日期｜ 2011 年 1 月第一版第一次印行
2024 年 8 月第二版第二十七次印行
定價｜ 280 元
書號｜ BKKCD080P
ISBN ｜ 978-986-95047-5-1（平裝）

訂購服務
親子天下 Shopping ｜ shopping.parenting.com.tw
海外 · 大量訂購｜ parenting@cw.com.tw
書香花園｜台北市建國北路二段 6 巷 11 號　電話（02）2506-1635
劃撥帳號｜ 50331356 親子天下股份有限公司

立即購買 >
親子天下 Education · Parenting Family Lifestyle　親子天下 Shopping
親子天下 有聲故事書

文 哲也

圖 水腦

目錄

角色介紹……004

1. 黑森林邊的便利商店……007

2. 火龍家的火鍋旁……019

3. 巫師的便利商店……027

4. 來自銀河的另一邊……051

5. 度假中的老巫婆 …… 071
6. 第二天 …… 077
7. 森林邊的演唱會 …… 095
8. 宇宙間最便宜的加油站 …… 117
9. 小火龍的花園餐廳 …… 129

作者託播廣告

很好看

第一集《火龍家庭故事集》

更好看

第二集《小火龍棒球隊》

演員介紹：

小火龍

其實已經不小了，卻還不太會控制自己的噴火量。被火龍學園退學後，爸媽還是很愛他。喜歡打電動，喜歡打棒球，但是還不知道自己最想做的是什麼。

火龍媽媽

為了家人，連母親節都不能好好過，但是她看起來總是很快樂的樣子。連屠龍騎士都和她變成好朋友。

火龍爸爸

從辛苦的烤玉米工作退休以後，開創了玉米脆片的事業，共有四種口味：碳燒、青椒、奶油……還有一種口味是什麼？（答案請見第一集）

小暴龍
永遠吃不飽，
什麼都想吃。

九頭龍小妹妹
小火龍的鄰居，
每個頭都很可愛。

神祕的小女孩
本集的神祕嘉賓。

巫師
本來是一個正直的好人，因為向巫婆求婚被拒絕，一氣之下，就在森林西邊開了一家便利商店，專門和森林東邊巫婆的商店搶生意。

讀者
就是聰明又可愛的你。大家都愛你，因為沒有你，作者就不會寫這本書。

1. 黑森林邊的便利商店。

叮咚！便利商店的門開了。

小火龍探頭進來：

「阿婆！我來了。」

正在店裡挑零食的王子們全都嚇了一跳，紛紛拔出劍來。

「不用緊張，沒事沒事。」

坐在櫃檯後面的老巫婆，從老花眼鏡下面抬起眼說。

「他是？」一位手裡拎著王子麵的王子問。

「新來的工讀生。」

「原來如此。」王子們紛紛把劍收回劍鞘。

巫婆向小火龍揮揮手說：「快進來，外面冰天雪地的，暖氣都跑掉了。」

「是。」小火龍把身上的雪花抖掉，低頭鑽進便利商店裡，忽然張開血盆大口：「啊啊啊……」

正在挑飲料的王子們又嚇了一跳，紛紛拔出劍來。

「啊噫！」小火龍打了個大噴噫。

「原來如此。」王子們紛紛把劍收回劍鞘。

「外面很冷吧。」老巫婆拿了一條大毛巾，幫小火龍擦乾背脊。「真不好意思，要你在這麼糟糕的天氣開始上工。」

「沒關係，反正冬天不能打棒球，整天待在家也夠無聊的了。」小火龍笑著說，鼻水滴到櫃檯上等著結帳的關東煮的湯裡。

「啊！我的關東煮……」正要掏錢的王子快哭出來了。

NO~!
關東煮
阿婆

「沒關係，你看，只有一滴而已，我幫你舀掉。」老巫婆安慰他說。「再幫你多加一點湯就吃不出來了。」

「我不想吃了……」王子嘟著嘴說。

「這年頭的王子都這麼嬌生慣養。」巫婆搖著頭。

「我們小時候湯圓掉在地上，撿起來吹一吹就吃掉了。」

「我不想再來這一家店了。」

王子氣呼呼走出去，回頭又加一句：「黑森林另外一邊，那家巫師的便利商店，比你們好太多了，哼！」

老巫婆看著他的背影，搖搖頭，拿出菸斗，向小火龍使個眼色。

「小火龍。」

「是！」

轟。小火龍從鼻孔噴出一道火焰。

其他正在排隊等著結帳的王子們都嚇一跳，紛紛拔出劍來。

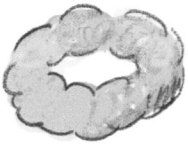

火焰點燃了菸斗上的菸草，巫婆吐出一個煙圈。

「我說小火龍啊，」巫婆整理一下燒焦的頭髮說：「下次不需要這麼大的火。」

「是。」還不太會拿捏力道的小火龍紅著臉點點頭。

王子們把劍收回劍鞘，然後從口袋拿出手帕，把被火焰燻得黑漆漆的臉孔抹一抹。

「我們也不會再來這裡買東西了！」他們說。

叮咚！便利商店的門開了。王子們爭先恐後跳上馬背，逃離這家黑森林東邊的便利商店。

「啊，顧客全跑光了。」老巫婆抽著菸斗，看著窗外說。

雪越來越大了，黑森林東邊唯一的一家便利商店，顯得好孤單。

2. 火龍家的火鍋旁。

「這樣下去怎麼行？」

這天晚上，火龍家溫暖的餐桌上，火龍媽媽撥著火鍋底下的炭火，一邊說：

「阿婆好心給你一份工作，你可別越幫越忙。」

「那有什麼辦法。我個子這麼大，店裡那麼小，一不小心就

會闖禍。」

「那就算了吧。你明天去跟阿婆說，這工作你做不來。」

「不行。」小火龍嘴裡含著一顆魚丸，搖搖頭。

「為什麼？」

「阿婆說，這裡的天氣讓她腰痠背痛，明天她就要飛到溫暖的南方去過冬了。」小火龍說：「她說，這個冬天，這家店就交給我了。」

「交給你？」

爸爸媽媽眼睛睜得像貢丸一樣大。

「她放心嗎？」

「本來不放心，可是看過水晶球以後，她就放心了。」

「巫婆的水晶球？她看到什麼？」

「看到閃閃發光的金幣，轉啊轉的。」小火龍盯著火鍋冒出來的白煙，回憶著說：「阿婆預言說，這表示我就要為她賺進大把大把的金幣了，我真是她的貴人啊！」

小火龍哈哈大笑。

火龍媽媽和火龍爸爸互相看了一眼，又看看窗外片片飄落的白雪，然後低頭繼續吃火鍋。

「媽，你們不相信我嗎？」小火龍不服氣的說。

「媽怎麼會不相信你呢。」火龍媽媽嘴裡含著花枝丸說，用腳趾頂了頂火龍爸爸。

「那……」火龍爸爸咳嗽了兩聲，才說：「阿婆有沒有跟你談薪水的事呢？」

「阿婆說她不會虧待我的。她說，像我這樣有為的年輕人，不應該領死薪水，所以她決定這個冬天，不管這家店賺多少，都……」

「都全部給你？」

「都會分我十分之一。」

火龍媽媽和火龍爸爸互相看了一眼，又看看窗外片片飄落的白雪，然後低頭繼續吃火鍋。

窗外的雪好像越來越大了。

3. 巫師的便利商店。

「受到氣候異常的影響，黑森林地區的大雪已經連下十天了。各位王子、各位公主，如果沒有必要，請不要外出，如果要外出，請注意保暖，如果沒有保暖，感冒了，請到老巫師便利商店購買魔法感冒糖漿。不管是發燒咳嗽流鼻涕，頭痛胃痛香港腳，一服見效。本

節目由老巫師贊助提供。接下來，要為大家播放的是，白雪公主在她的最新專輯裡自彈自唱的歌曲『大雪大雪下不停』……」
黑森林的西邊，巫師便利商店裡的收音機，播放著白雪公主走音的歌聲。
Magic
魔法感冒糖漿

「大雪大雪下不停，白雪公主好心情。下廚房，做鬆餅，一塊餅、兩塊餅、三塊餅啊四塊餅……」

正在店裡買感冒糖漿的王子們都摀住耳朵。

「這是什麼歌啊？」他們說：「白雪公主根本就不會唱歌，竟然還出唱片，怎麼沒有人阻止她？」

「有啊，以前皇后想用毒蘋果阻止她，可惜失敗了。」

「唉。為什麼我們這個國家連一個會唱歌的人都沒有啊？」

老巫師從櫃檯後面笑咪咪的探出頭來。

「大家對這首歌的反應很熱烈喔。我猜你們現在一定很想吃吃看白雪公主親手做的鬆餅吧？真巧，本店就有賣！免費試吃活動，現

在開始！」巫師從櫃檯下拖出一盤鬆餅，舉起手杖一揮，灑下亮片似的金光，鬆餅馬上散發出迷人的香味。

王子們勉強試吃一口，眼睛突然發亮。

「怎麼會好吃成這樣？」他們喊：「一吃進嘴裡，好像有星星在嘴裡閃耀，好像有海浪在舌頭上拍打……」

「現在你們再聽聽她唱的歌。」巫師把收音機的音量轉大一點：

「大雪大雪下不停，七矮人呀在哪裡？一個在洗碗，一個在拖地，一個去蹓狗，一個洗廁所……」

「咦，怎麼變得這麼好聽？」王子們更驚奇了。

「這麼美妙的音樂，我們竟然不懂得欣賞。請問這張唱片要去哪裡買？」

巫師拉開櫃檯上方的櫥架，那裡整整齊齊擺了一排CD唱片。

「真巧，本店就有賣！不過這張唱片太搶手，只剩這最後一批了。」

王子們爭先恐後掏錢把架子上的唱片搶購一空。

叮咚！這時候，便利商店的門開了。

一個小女孩探頭進來。「請問……」

「歡迎光臨，你也是來搶購白雪公主最新專輯的嗎？」巫師笑咪咪的從櫃檯底下又抱出一箱CD唱片。「真巧！本店就有賣！只剩下這最後一批了。」

「不。」女孩抓抓頭說：「我是想請問，你們有賣美乃滋嗎？」

「美乃滋？」老巫師皺起眉頭。「賣完了。」

明星商品
白雪公主CD

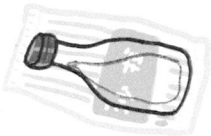

「那……什麼時候會再進貨？」女孩問。

「那種便宜的東西，本店不打算再賣了。」巫師揮揮手。「去去去，窮小孩別來這裡。你沒看見現在店裡都是高貴的王子嗎？」

小女孩撇撇嘴，正要離開時，歪頭聽了聽收音機傳來的歌聲。

「收音機壞了嗎？」她歪著頭問。

老巫師和王子們都回頭瞪她一眼。

小女孩吐吐舌頭，把門關上。

黑森林的另外一邊，小火龍的便利商店孤伶伶站在白雪中。

黃昏了，商店的招牌亮了起來。

小火龍走出店來，把店門口海報上的積雪拍一拍。

海報上寫著：「老闆不在家，全部大特價！」

小火龍搖搖頭。花了他一整個晚上才想出來的廣告詞，一點用也沒有。今天總共只有三個客人上門，其中兩個是來問路的。

「唉，經營一家店真是不容易啊。」他看著眼前積雪的森林嘆氣。

「這種天氣，不會有客人來了，提早關店吧。」

一個小女孩從森林裡走出來。

小火龍張大眼睛。

女孩一步一步在雪地上留下小小的腳印，走到小火龍面前，抬起頭看著他。「哇，一頭火龍？」

小火龍點點頭。

「你們有賣美乃滋嗎？」

小火龍愣了一下。「你冒著風雪走過森林，只是為了買美乃滋？」

小女孩點點頭。「有沒有賣嘛？」

「當然有。」

小女孩高興得跳起來，捧著小火龍的鼻子親了一下，然後回頭大喊：「他們有賣耶！我們得救了！」

接著，森林裡跑出一隻大白熊。他一邊歡呼，一邊拉著繩子，從森林裡拉出一架橫躺著的小火箭。小火箭上有四個木頭輪子，在雪地上發出咕嚕咕嚕的聲音。

「把你們店裡最大罐的美乃滋拿來！」

小女孩對小火龍大喊。

小火龍趕緊跑進店裡。

「哪！」他把美乃滋遞給女孩。

女孩跑到火箭旁，掀開油箱蓋，把一大瓶美乃滋全部擠進去。

「發動看看！」

大熊擠進火箭的駕駛座，按下按鈕。火箭抖動起來。

「行了！」小女孩跳進火箭後座。「升空吧！」

「喂！」小火龍喊：「等一下……」

「謝謝你！後會有期了！」小女孩向小火龍揮揮手。

火箭冒出火焰，咻！飛上半空中……在半空中劃出一道美麗的弧線，又掉下來。轟。一陣煙霧。

女孩咳嗽著，從墜落在雪地裡的火箭中爬出來。

「你還好吧？」小火龍低頭看著她。

「沒事沒事……」女孩拿出梳子整理整理她的秀髮，「一定是美乃滋加得不夠多。對了，你剛剛好像想跟我說什麼是嗎？說吧，我現在有時間聽了。」

「我是要說……」小火龍看著這個奇怪的女孩，「麻煩請先到櫃檯結帳。」

4.
來自銀河的
另一邊。

小火龍的便利商店裡，小女孩坐在小板凳上，搖晃著雙腳，喝著一杯熱巧克力。

「……簡單說就是：我開著小火箭離家出走，飛越銀河，沒想到燃料用完了，只好迫降在你們星球。」

「你是說，你家住在銀河系的另一邊？」

小女孩閉著眼睛點點頭。

「我知道，不管我怎麼解釋，對你們這些落後文明的低等生物來說，都是很難相信的。」

「不會啊，」小火龍坐在櫃檯後面，托著下巴說：「反正就是外星人嘛，電視上常常演。」

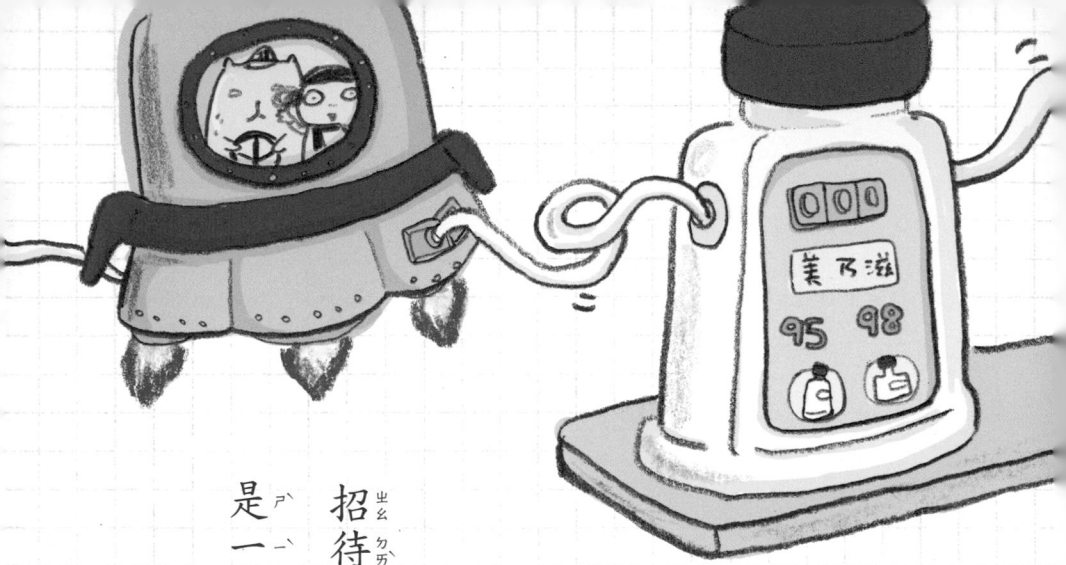

「真的？」小女孩高興的跳下椅子。「那你應該就會知道，我們外星人身上是不會帶你們的錢幣的。」

「沒關係，算了，就算是小店免費招待好了。」小火龍嘆口氣。「反正只是一瓶美乃滋而已。」

「只是美乃滋？」小女孩張大眼睛，

一副好驚訝的樣子。「美乃滋在我們星球上是最珍貴的資源呢！所有的交通工具都需要靠美乃滋才行，你竟然說得這麼輕描淡寫！你一定是一個大富翁！」

「才怪，我只是個來打工賺零用錢的窮孩子。」小火龍看著窗外的雪景。

「現在可能連零用錢都賺不到了。」

小火龍就把以前的店長老巫婆多不會做生意，害得客人越來越少，現在每天下雪，生意更糟糕……這些事，都唉聲嘆氣的跟女孩說了。

小女孩歪著頭看著憂愁的小火龍。

「那如果你生意很好呢？」

「什麼意思？」

「如果你生意很好、賺很多錢，那你要做什麼？」

「如果有錢，什麼都能做啊！」

「什麼都能做……我懂了，其實你不知道自己真正想做什麼……」小女孩看著窗外。「我還以為你是因為無法實現夢想才那麼難過。」

小火龍愣了一下。

「……夢想？」

「就是你做夢都會想到的事啊！一想到就覺得世界真美好的事呀。」女孩雙眼發光。「像我就有

一個夢想。不過我不會隨便告訴別人。」

「不能說嗎？那就算了。」

「除非你求我。」

「求求你。」

「好吧，看在你苦苦哀求的份上，我跟你說……」

小女孩像說一個祕密似的小聲說：「我從小的夢想，就是希望有一天能夠開演唱會。」

「演唱會？」

女孩點點頭，從架子上拿了一管牙膏，當作麥克風唱了起來：

「我喜歡陽光，我喜歡歌唱，
喜歡讓音符飛到藍天上。
我喜歡深呼吸，我喜歡發光，
喜歡把別人的心都照亮。
飛過銀河系，躲過流星雨，

穿越人馬座，繞過土星環，
只為了尋找我的夢想舞臺，
那發光發亮的地方。

我是一個星際小歌手，
帶著大熊走十方。
我是一個星際小歌手，
坐著小火箭到處流浪。」

感覺好像一百朵花在心中綻放一樣，小火龍不禁嘆了一口氣。

「唱得不好嗎？」小女孩咳嗽了兩聲。「不好意思，天氣太冷，嗓子有點啞。」

「不，」小火龍說：「這是我聽過最美的歌了。」

「真的嗎？」女孩高興得把牙膏都擠了出來。「那我來當你的代言人好了！」

「代言人？」

「就是幫你唱廣告歌曲做宣傳啊。歌曲走紅以後，人家來訪問我，我就說：『我最愛到小火龍便利商店買東西了！』」小女孩比手畫腳說：「這麼一來，你的店就會人潮不斷了。」

「真的嗎？」小火龍半信半疑。

「當然！」小女孩喊。

「好吧。」小火龍看著她發亮的眼睛，笑了。

「太好了！」小女孩歡呼。「可是我的代言費不便宜喔。」

「嗯……你說說看。」

「可能要兩瓶美乃滋。」

小火龍笑了。「如果你真有這本事，送你一箱都沒問題。」

「哇！你好慷慨！」

小女孩跳起來，抱住小火龍的鼻子親了一下，然後向玻璃門外的大熊招招手。

「熊，我們有新工作了！」

大熊興奮的跑進店裡來。

小女孩拍拍小火龍的背脊。

「身為你的代言人，我要先檢查你們店裡賣的東西是不是真的品質優良。」

女孩指揮大熊，開始把架子上的東西打開來抽樣檢查。

「喂，等一下……」小火龍喊。

喀，小女孩咬了一口夾心餅，又吐出來。

「這是不是過期了？」她看看包裝上的標示。「果然！」

她又伸出手指，抹了一下商品架。

「你看！架子上都是灰塵。」小女孩插著腰大喊：「這樣是不行的，難怪沒人要來光顧！」

「可是，阿婆她以前就是這樣做生意的呀！」小火龍解釋。

小女孩咚咚咚走到他面前。

「你這種態度，是沒有客人會喜歡的喔！現在開始，不管客人抱怨什麼，都要先道歉，懂不懂？」小女孩頂著小火龍的鼻子說：「聽好了，只要我們兩個合作，一定可以把這家便利商店改頭換面，讓你賺進大把大把的金幣！」

「大把大把的金幣？」小火龍想起巫婆在水晶球裡看到的景象。「金光閃閃的金幣？」

小女孩堅定的伸出手來。

小火龍看著她的眼睛。

「好吧！我相信你。」小火龍的大手握住她的小手。

5.
度假中的
老巫婆。

南方溫暖的小島上，浪花拍打著沙灘，燦爛的陽光閃耀著。老巫婆躺在陽傘下，喝著企鵝服務生送來的橘子汁。

「不知道小火龍現在怎麼樣了？」她心想。

老巫婆從行李袋裡拿出水晶球。

「水晶球啊，請告訴我，我店裡的小火龍現在經營得怎麼樣？」

水晶球裡出現一枚金幣，一閃一閃。

「太好了，我的擔心是多餘的。跟上次的預測一樣，小火龍一定會為我賺進很多的金幣。」老巫婆喝了一口橘子汁，又問：「那請再告訴我，明天的天氣怎麼樣？」

水晶球裡還是出現一枚金幣，一閃一閃。

「咦？」老巫婆歪歪頭。「那……請幫我預言，我晚餐會吃什麼？」

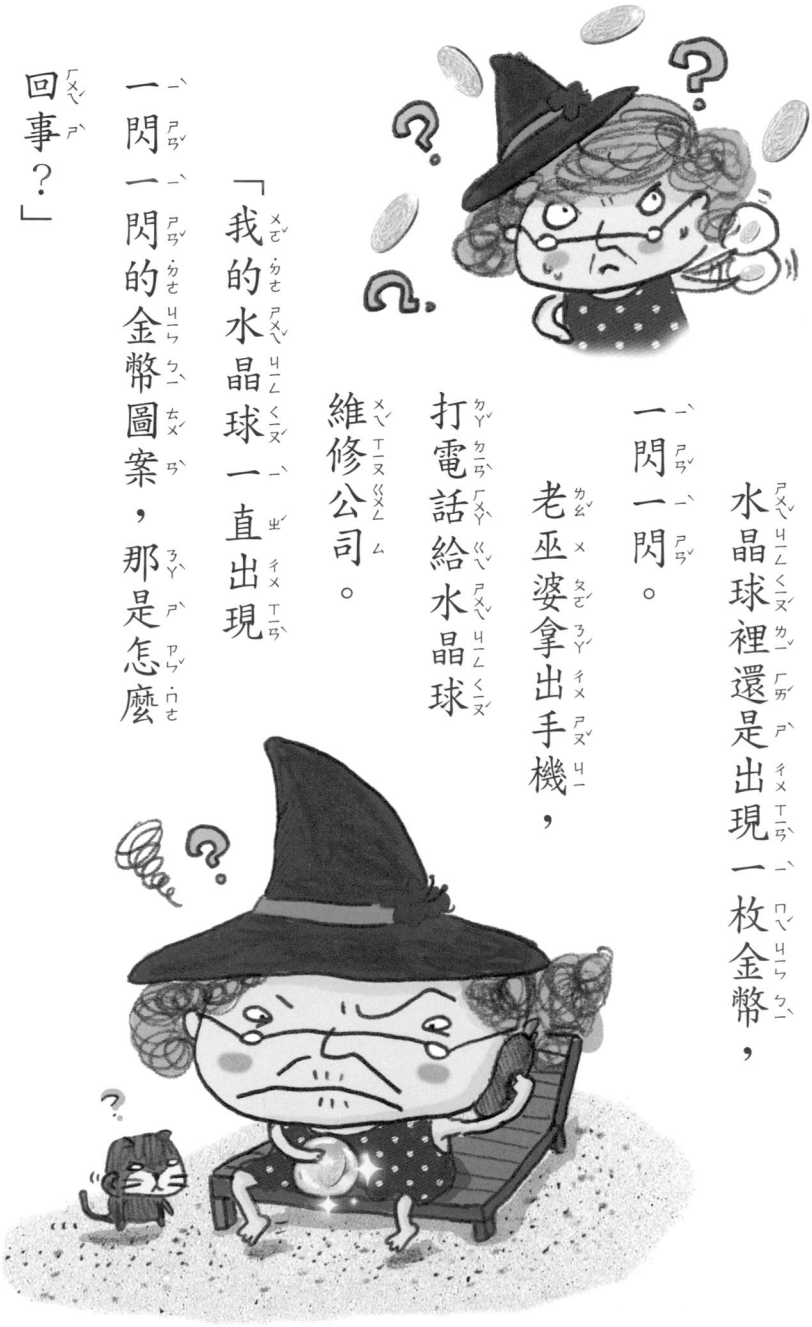

水晶球裡還是出現一枚金幣，一閃一閃。

老巫婆拿出手機，打電話給水晶球維修公司。

「我的水晶球一直出現一閃一閃的金幣圖案，那是怎麼回事？」

「那表示您的水晶球沒電囉。只要花一枚金幣，我們就可以幫您充電一次。」

「原來如此。」

老巫婆掛了電話，看著大海的浪花，擔心了起來。

巫記
老店
第6.
二天…

第二天，小雪，樹梢有微微的陽光……

小女孩騎著大熊從森林裡衝出來。

「小火龍！小火龍！」

她揮手喊。

正在修理招牌的小火龍對女孩招手。「你看，我把招牌重新設計過了，現在看起來不老氣了吧？」

本來陰森森的「巫記老店」招牌，現在換成了朝氣蓬勃的「魔女與龍便利商店」招牌。

「好多了！」小女孩騎著大熊跑過來。

「你剛剛去哪裡？」

「我去探查敵情了！」小女孩從熊背上跳下來。「黑森林另一邊的巫師便利商店，生意可好得很呢！」

「怎麼會？那邊不下雪嗎？」

「也下呀，不過那巫師很厲害喔。」小女孩比手畫腳說：「他在電

臺上打廣告，和白雪公主合作結盟……而且好會用魔法，夏天賣不完的冰棒，他施了魔法以後，就變成暖烘烘的熱冰棒，一下子就被搶購一空。不過暖烘烘只是幻覺，大家吃了冰棒都跑到雪地裡乘涼，感冒以後又得去向巫師買感冒糖漿。」

「真有一套。」

「也難怪你生意會不好，生意都被他搶光了。」女孩一邊幫大熊刷毛一邊說：「人家巫師店裡的東西都施了魔法，你們巫婆店裡的東西，為什麼不用魔法？」

小火龍聳聳肩。「阿婆說，魔法雖然很有效，但是都有副作用。」

「巫婆心地不錯嘛，還會為顧客著想。」女孩說：「我爸說做生意最重要的就是要有一顆真心，會替顧客著想。」

「你爸？」

「嗯，我爸也有經營一點小生意，每天都跟我嘮叨他那套生意經，說是以後非要交棒給我不可。煩都煩死了。」

「他都說些什麼？」小火龍問。

「你想聽嗎？」女孩從口袋裡掏出筆記本，捧著唸：「老爸生意經第一條：賺錢之前，先真心替別人著想，想想別人需要什麼，想想自己可以給別人什麼。你越能替別人著想，你就賺得越多。」

小火龍眼睛裡有一個大問號。

「比方說，想想看，你們這個王國最需要什麼？王子和騎士們最需要的是什麼？」女孩解釋說。

「我們這個國家最需要的東西嗎？」小火龍在雪地上踱步，走出一圈又一圈的大腳印。「……有了，我有很多好點子了……」

「是什麼？」女孩興奮的問。

「……我們這個王國最需要的就是唱歌好聽的人了！」

幾天後……

皇宮的男生寢室裡，大王子、二王子、三王子都在打呵欠。

「無聊死了！小王子，你在做什麼？」他們喊。

小王子躺在沙發上。「我在看書。」

「什麼書這麼好看？」

「王子雜誌，冬日號。內容很豐富喔，裡面有救公主的紙上遊戲，以後下雪的日子不會再無聊了。」小王子說：「我這裡還有一本怪獸圖鑑、地下城冒險指南和世界各地公主分布圖，你們要不要看？利用冬天好好研究，春天的時候去救公主就事半功倍了！」

「你去哪裡買的？」

「小火龍的便利商店啊，就是以前老巫婆的那家。現在店裡又新又整齊，而且只要一通電話，小火龍就會飛來送貨到府喔！」

咚咚咚，有人在敲玻璃窗。

小王子推開窗戶，小火龍在窗外拍著翅膀。

「這是我們店裡最新的產品訊息。」

小火龍遞給他一張廣告單。「你看，寶劍亮光漆，讓你的寶劍閃閃動人。還有城堡玩具模型，都很適合漫長的冬日打發時間喔。最重要的是要通知您，本店最近要舉辦一場代言活動……」

小王子接過廣告單，廣告單的背面畫著一個長著火龍翅膀的小女孩，站在舞臺上。上面寫著：「王國史上第一場・星際女孩演唱會。」

很快的，不管是人類或火龍，獨角獸或小矮人，怪獸或騎士……王國裡的所有居民，都收到了演唱會的海報。

「演唱會？那是什麼？」小暴龍歪頭問。

「那不是吃的，寶貝。」暴龍媽媽耐心解釋給他聽。

森林北方的雪山上，出現小火龍用尾巴寫出來的數字。

大大的數字每天倒數：5、4、3、2……

在數字變成1的那天晚上，火龍媽媽和火龍爸爸躺在床上睡不著。

「孩子的爸，你真的不擔心嗎？」

「你是說小火龍最近認識的那個怪丫頭嗎？」

「嗯，那個自稱是從外星球來的女孩，說話顛三倒四，買東西不付錢，還很喜歡美乃滋。」

「我看過她那玩具似的火箭，上面還有四個輪子，怎麼可能飛得起來？」

「小火龍該不會被她騙了吧？」

「算了，年輕人就讓他去嘗試吧。跌倒過一次，就會學到教訓了。」

「就算跌得頭破血流也沒關係？」

「沒關係。」

「就算跌得鼻青臉腫也沒關係？」

「沒關係。」

「可是為了這次的活動，他跟我們借了一大筆錢耶。就算沒辦法還錢給我們也沒關係？」

「誰說的？」

7. 森林邊的演唱會。

這一天，黃昏的森林染上一種興奮的金黃色。

「各位聽眾，黑森林地區的大雪，今天終於停了。雪山上的數字『0』在夕陽下閃閃發光，小火龍商店的神祕代言人：星際女孩，在黑森林東邊雪地上舉行的演唱會已經開始了……」

喀。老巫師關掉收音機，對著空蕩蕩的店裡生悶氣。

鈴……電話響了。是白雪公主的聲音：

「巫師先生，你怎麼不來參加演唱會？這個外星來的女孩唱歌好好聽喔，我簡直快融化了……」

「傻瓜！這麼一來就沒人要買你的唱片了！你不知道嗎？」

喀嚓。老巫師掛了電話。

叮咚！便利商店的門開了，兩個高大的人影走進來。

是兩隻穿著黑西裝、戴墨鏡的大黑熊。

「歡迎光臨！」老巫師堆起滿臉笑容。

兩隻大黑熊走到櫃檯。

「請問你們有賣美乃滋嗎？」

他們問。

「……賣完了。」

「那你有見過這個人嗎？」高大的黑熊拿出一張小女孩的照片，放在巫師鼻子前面說。

黑森林東邊、小火龍便利商店前方、夕陽下的空地上，燃燒著熊熊的營火。來自王國各地的人類與怪獸，圍繞著營火，輕輕隨著音樂點著頭。

演唱會已經進行到第五首歌了。營火旁邊，有一個裝飾著閃爍燈光的大雪人。小火龍輕輕拍著鈴鼓，外星來的女孩彈著吉他，坐在火龍背上，輕輕唱：

「流星劃過時許下的願望，
酢漿草的四片葉瓣，

糖果盒裡的最後一顆糖果，
沙漠綠洲裡的清涼水塘。
大雨中，媽媽送來的雨傘，
漂流的水手，終於見到的港灣，
口袋裡最後一個銅板，
偷偷在心底藏了很久的夢想。
「一切珍貴的東西，是不是就像這樣？」

大白熊在旁邊敲著小鐵琴伴奏，叮叮噹，叮叮噹。小女孩繼續唱：

「小海龜跑過長長的沙灘，終於擁抱到海浪，流浪狗撿到香噴噴的便當，逆流而上的鮭魚，終於回到家鄉，用盡全力的蜜蜂，終於逃離蜘蛛網。值得慶祝的事情啊！是不是就像這樣？」

美麗的和弦，迷人的歌聲，讓圍繞著營火的觀眾們都歡呼起來。

「對！」他們喊。

小火龍抬頭向空中噴出一道燦爛的火焰。小女孩換了一把電吉他，大白熊也把鐵琴換成大鼓和小鼓。觀眾隨著鼓聲的節奏搖擺著。

女孩繼續唱：

「但是，但是，
珍貴中最珍貴的，
是單純的相信，自己心中的光亮。
稀奇中最稀奇的，
是真心誠意的，為別人著想。
最值得慶祝的，
是飛越萬里星河，終於唱出心裡的夢想。
啊，是的是的，就是這樣！」

小火龍又向空中噴射一道火焰，同時低吼一聲發出信號。躲在森林裡的鴨嘴龍和迅猛龍得到信號，點燃煙火。

咻！王國的天空從來沒有這麼燦爛過。

王國的居民們，覺得自己被大雪弄得灰灰暗暗的心，又重新光亮起來。

就在大家起立歡呼時，三個人影衝出森林。

「就是她！」老巫師指著火龍背上的女孩。

大黑熊拿出無線電對講機。

「黑熊一號回報！」

「查出她的下落了嗎？」對講機中傳來蒼老的聲音。

「是，大王，她在一顆藍色的星球上。」

「快帶她回來！這回別讓她跑了。」

「是！」

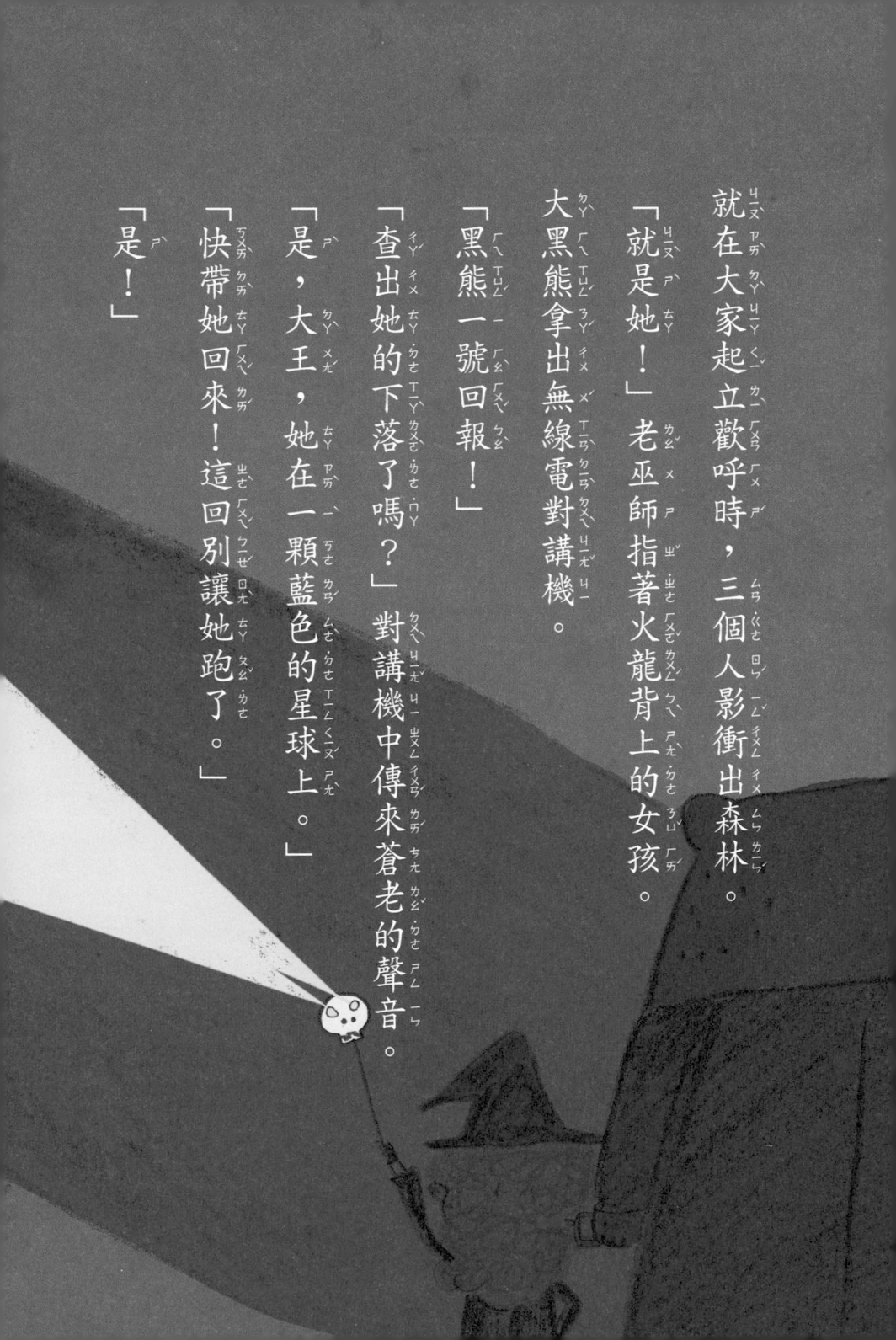

大黑熊兵分兩路，慢慢向營火中央逼近。

敲著鐵琴的白熊，用胳臂抵了抵小女孩。

「糟糕，他們來了！」

「怎麼辦？我特別為小火龍寫的廣告歌還沒唱……」

「可是現在不走就來不及了。」

「你把美乃滋加滿了嗎？」小女孩輕聲問。

「整整加了一大箱。」大白熊說。

「那麼，讓我把這一段唱完。」小女孩繼續唱：

「而永遠會讓人記得的是，
大雪中的溫暖燈光，
對陌生人的慷慨大方，
小火龍的便利商店，
謝謝你實現我的夢想！」
營火映照著女孩的臉龐，營火旁邊的雪人已經融化，
露出埋在雪人中間的小火箭。

小女孩湊到小火龍耳邊說：「謝謝你幫我實現了第一個夢想，我要走了。」

「你要去哪裡？」

「我還有很多夢想要去實現啊。」小女孩眨眨眼說。

「真抱歉，我來不及唱最後一首主打歌了。」

小女孩指了指兩隻逼近的黑熊。

「他們是誰？」

「我爸的手下，要來抓我回去的。」

「那……你快走吧。」小火龍說。

小女孩向大家揮揮手。

「安可！安可！」大家喊。

「謝謝！我愛你們！」女孩打開小火箭的艙門，和大白熊一起坐進去。

兩隻大黑熊衝上前來，大喊：

「沙拉公主，請留步！」

「公主？」小火龍擋在兩隻大熊面前。

「是啊，你不知道嗎？沙拉星的公主，銀河系最大企業總裁的獨生女。她父親買下一整顆星球，現在年紀大了，等著她回去繼承王位……」黑熊一號說：「你還不快讓開！」

「可是她說她還要去追尋夢想……」

「是王位重要還是夢想重要？」黑熊瞪著小火龍。

小火龍看了看周圍每位觀眾眼睛裡的光芒。

「當然是夢想重要。」他說。

在歡呼聲中，小火箭的引擎發動，冒出火光……咻，

小火箭高高飛進星空中。

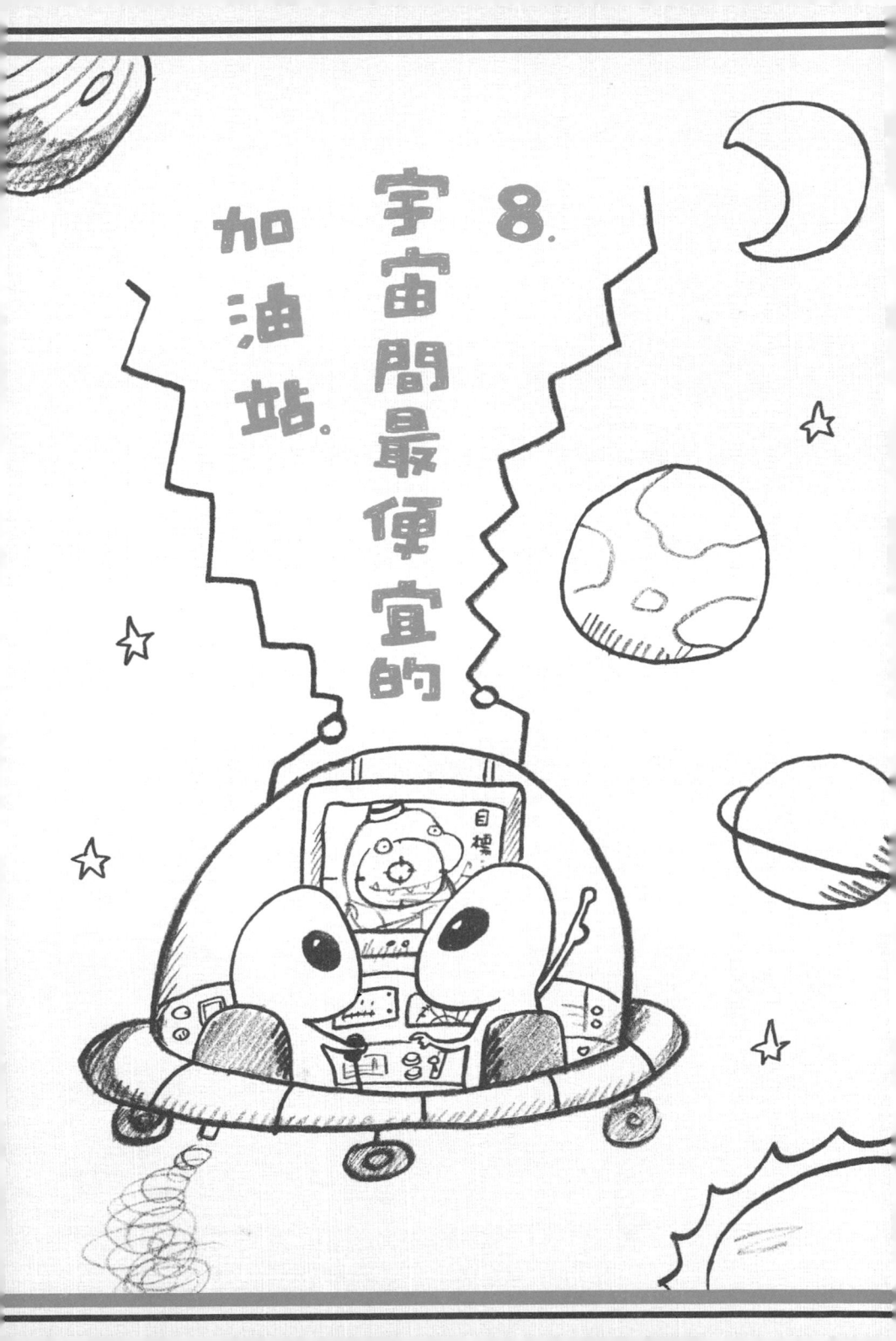
8.
宇宙間最便宜的
加油站。
目標

演唱會結束後的幾天，小火龍都在忙著清理演唱會留下來的垃圾。

玩伴們都來幫忙。

「你可真慷慨呀，小火龍。」九頭龍小妹妹用八個頭撿垃圾，一個頭說話：「向爸媽借了這麼多錢，替別人實現夢想，結果店裡生意也沒有變得好一點嘛……」

小火龍靜靜的用雪把營火留下來的灰燼

蓋好，沒回答。

「人家來店裡問沙拉公主最喜歡的商品是什麼，你竟然還回答說『其實除了美乃滋，她並沒有特別喜歡什麼』。」

「做生意最重要的就是要真心、要實在嘛。」小火龍聳聳肩。

「沒關係，這次失敗了，再去找別的工作就是了。」

小火龍嘆了一口氣，敲敲痠痛的肩膀，抬頭看著天空。

天空中出現好幾個閃亮的光點，緩緩下降。

「那是什麼？」

光點降落在雪地上，小火龍才看出那是一艘艘太空飛行船。奇形怪狀的外星人打開艙門，走到小火龍面前。

「小火龍便利商店嗎？」一個長得像小狗的外星人說。

「請問你們有賣番茄醬嗎？」

「請問你們有賣花生醬嗎？」長得像青蛙的外星人說。

「沙茶醬呢？」牛頭外星人說。

小火龍張大了眼睛。「有有有！」

「太好了！我們各要十箱！」

他們齊聲說。

小火龍愣住了。

「怎麼？怕我們付不起嗎？」牛頭外星人打開一個小箱子，裡面裝滿了金光閃閃的金幣。「這樣夠不夠？」

「太多了！」小火龍喊。

「沒關係，金子是我們星球上最多的東西。」外星人聳聳肩。「快把我們的油箱加滿吧！」

「是！」小火龍一邊往店裡走，一邊問：「你們怎麼知道要來這裡？」

「沙拉公主在她的新歌裡推薦的啊，全宇宙的電臺每天都在播呢。」小狗外星人拿出一張唱片說：「你沒聽過嗎？」

南方溫暖的小島上，浪花拍打著沙灘。老巫婆躺在沙灘上，一邊吃聖代冰淇淋，一邊扭開收音機。

「根據皇家氣象局研究發現，今年氣候異常的原因，是老巫師的魔法工廠所排放的大量廢氣造成的。國王已經派出小王子前去查封老巫師的便利商店，但是巫師本人化作一陣輕煙消失了……」

老巫婆嘆了口氣，搖搖頭。

「魔女小姐，你的信。」

企鵝服務生搖搖擺擺走過來，把一張明信片遞給她。

老巫婆戴起眼鏡。

明信片上寫著：

親愛的阿婆：

跟您報告兩個好消息。第一個是：

我終於找到自己真正想做的事了！

我的夢想是希望在這個王國裡，有一個地方，在那裡不分怪獸或王子、有錢或沒錢，每個人都能進來放鬆心情。在那裡可以吃到絕不添加魔法的糕餅，聽著好聽的音樂，把煩惱都忘掉……

第二個好消息是，今年冬天，我總共賺了一百枚金幣。所以我計畫用其中的十枚金幣，在便利商店旁邊，開一間花園餐廳……

老巫婆嚇了一跳，從躺椅上滾下來。

魔女與龍便利商店
9. 小火龍的花園餐廳

叮咚！花園餐廳的門開了。

「歡迎光臨！」小火龍一邊從烤箱裡拖出蛋糕，一邊向客人介紹：「火龍媽媽做的糕餅，保證不含魔法，你吃到的都是真實的天然風味喔。」

半露天的餐廳，陽光透過玻璃屋頂灑下來。

王子和怪獸們各自在角落的咖啡桌上吃著點心。

音響喇叭裡又傳來
星際女孩的歌聲：
在遙遠的宇宙另一端，
在一顆藍色的星球上，
有一家小火龍的加油站。
這裡有全宇宙最便宜的燃料，

不管是巧克力還是蜂蜜糖漿，
美乃滋還是番茄醬，
都會用真心幫你加滿。
把油加滿，
向藍天出航，
重新去追尋夢想！

把油加滿，向藍天出航

故事結束以後，有一天，我開著我的小太空船去唱片行，經過小熊星座的時候，沒油了，只好降落到其中一顆星星上去加油。

「歡迎光臨！」一個女孩從加油站跑出來。「啊！是你！」

「你認得我嗎？」我歪著頭問。

「你就是那位以拖稿出名的作者嘛。」女孩笑著說：「你不認得我嗎？」

她把鴨舌帽摘下來。原來是……

「沙拉公主！」我脫口而出。「你長這麼高了！」

「是水腦把我畫太矮了。」

「你在這邊打工？」

「是啊，你要加什麼油？美乃滋？番茄醬？還是橘子汁？」

「普通的汽油就好了。」我打開油箱蓋。「對了，你的第二個夢想到底是什麼？實現了沒有？」

「第二個夢想？我不會隨便告訴別人的。」她戴上鴨舌帽，插著腰說。

「那就算了。」

「除非你求我。」

「求求你。」

「好吧，看在你苦苦哀求的份上，我就告訴你。」她靠在我耳邊悄悄說了幾句話。

我睜大了眼睛。

「真的？」

「真的。」

「怎麼可能？」

「當然可能。」

「沒騙我？」

「不騙你。」

「真的？」

「你再問下去就沒篇幅了。」女孩聳聳肩說。「油箱加滿囉，您要刷卡還是付現？」

我摸摸口袋，糟了，出門前皮夾忘了帶。

「沒關係，這次的油錢就記在親子天下的帳上好了。」沙拉公主說：「不過你也要說說看你的夢想才行。」

「我的夢想啊……」我轉頭看著藍天。「我希望找到讓全宇宙的人永遠快樂的方法。」

「怎麼可能？」

「當然可能。」

「沒騙我？」

「不騙你。」

「真的？」

「啊！」我指著左邊說：「你看！」

「什麼事？」女孩回頭。

「沒篇幅了。」我跳上太空船，咻的一聲飛向無雲晴空。

先講講關於畫圖這件事。

居然出到第三集了！沒想到跟哲也的孽緣如此綿遠流長……

這本，一萬多字，妳加油！

邊讀初稿邊偷笑的美好時光瞬間即逝……

文字轉換成畫面的任務必須即刻執行！

跟編輯討論完草圖之後，本人開始進入神龍附體、人龍合一的境界……

然後再度按下「重度宅女模式」啓動開關……

自閉症？

她都黏在椅子上不會動耶……放著不管沒關係吧？

這本書的插圖生產過程，基本上就是這樣的循環……。水腦的屁股跟椅子每天相親相愛密不可分，人不是在公司就是在家裡的椅子上，眼睛直盯畫紙或電腦，好像沒有終止的一天。直到稿子終於送進印刷廠的那刻，我才真正重返人間！

再說說關於夢想這件事。

應該就是做一些既愉快又足以證明自己存在的事吧。

比方說，夢想有一天能住在一個光線很透的房子，
那裡有足夠的空間，
放得下我和我的書我的音樂，還有我愛的人，
每天畫畫圖讀讀書唱唱歌喝喝咖啡掃掃地之類，
閒散的很開心。

再比方說，夢想做一個不受控制無邏輯的隨性繪者，
一直到好老好老了，眼裡還能閃著孩子氣的興奮，
把那些我覺得好笑的東西全都畫下來給你們一起笑。
若我的圖能讓你開懷一點、心暖一點，
那就是水腦夢想成真的時刻。
你一定會聽到我在你耳邊說：
嘿，謝謝你完成我的夢想！

最後當然不能忘了感謝這件事。

感謝哲也閃亮亮的好故事。雖然畫圖絕不是輕鬆的事，但邊想像著一幕幕的情節邊把它變成一頁頁的畫面，是件極有樂趣和成就感的事。感謝這段期間體諒和了解自閉兒的編輯、家人、同事、朋友。雖然我總在工作狀態中沉默，你們的愛卻讓我知道自己從來不是孤獨的。當然，還有捧著書讀到最後這頁的你。讀者的期待和支持，是我永遠的動力來源。多謝！

閱讀123